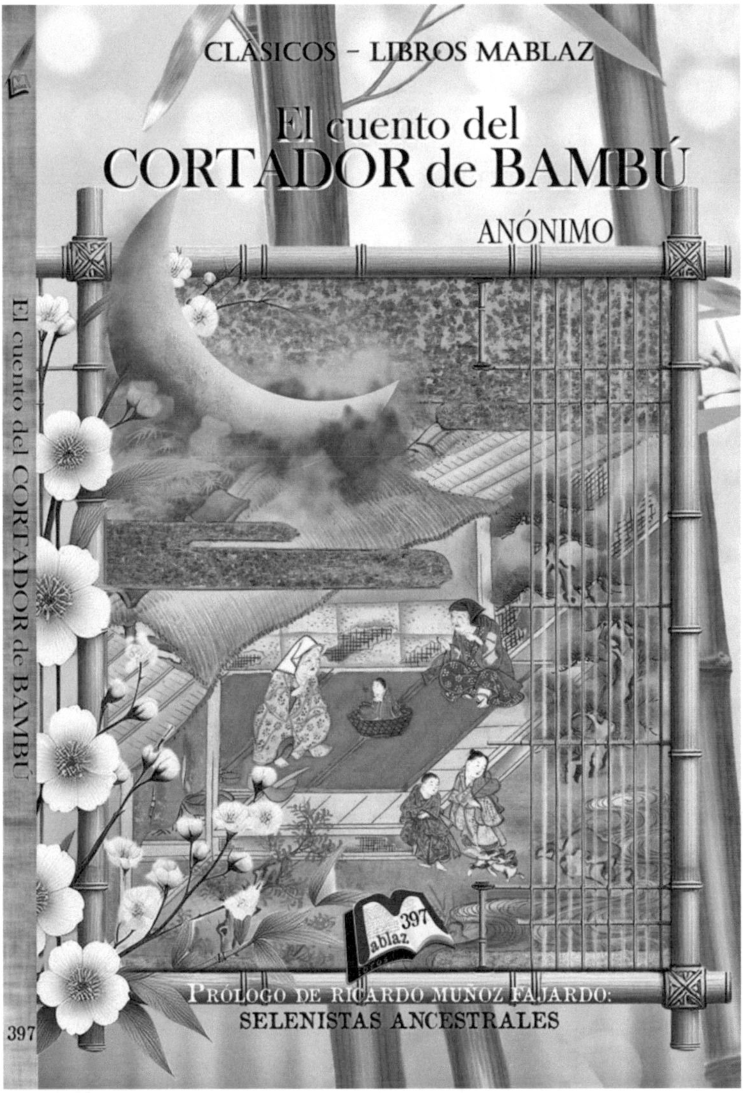

CLÁSICOS – LIBROS MABLAZ

El cuento del
CORTADOR de BAMBÚ

ANÓNIMO

PRÓLOGO DE RICARDO MUÑOZ FAJARDO:
SELENISTAS ANCESTRALES

397

Ciencia Ficción y Fantasía - 144

El cuento del cortador de bambú
Primera Edición, abril de 2025

© Libros Mablaz, Madrid, 2025
www.librosmablaz.com

© De esta edición, Libros Mablaz

blogs:
Editorial Libros Mablaz
**http://editoriallibrosmablazycienciaficcion.blogspot.co
m.es/**
Ciencia ficción y fantasía en Libros Mablaz:
http://mablazlibros.blogspot.com.es/
Introducción a las obras de Libros Mablaz:
http://librosmablazextractos.blogspot.com.es/
Libros Mablaz en Facebook:
https://www.facebook.com/groups/530547690292189/
Tu Librería en Casa:
https://www.facebook.com/TuLibreriaEnCasa
Librería Crisis–Neogénesis:
**https://www.todocoleccion.net/mitc/gestion_lotes/?I
=c-9999-Ultima_Modificacion-1-1-DESC&S=vs&QF=s**

Diseño de cubiertas: Mari Carmen López

ISBN: 979-13-990036-1-1
Depósito Legal: M-10288-2025

LIBROS MABLAZ - 397

EL CUENTO DEL CORTADOR DE BAMBÚ

Anónimo

Prólogo:

Selenitas ancestrales

La Luna siempre ha estado ahí presente, desde que el hombre es hombre y tuvo el suficiente raciocinio como para poder distinguir una realidad abstracta.

Desde tiempos atávicos se ha tratado a la Luna como una compañera inseparable de la Tierra y ello ha motivado el sueño o la creatividad que ha supuesto que autores, expresados ya fuera en relatos vinculados a la narrativa o no, la hayan utilizado para tratar de o con ella.

Hay más de los que se piensa, por eso nos vamos a referir a los más destacados. Para ello, empezaremos citando al historiador griego Heródoto, que saca del olvido el eclipse luna que previó Tales de Mileto en el siglo V A.C., que consideraba a la Luna como una esfera plana, por supuesto, que flotaba en un mar.

El primer viaje en sí a nuestro satélite debe de proceder de Luciano de Samosata, que en

Relatos Verídicos, en el siglo II d.C., narra un viaje a nuestro satélite en un barco[1].

En Japón existen diversos mitos sobre la Luna y entre sus tradiciones antiguas estaba celebrar su visión en otoño como en una especie de fiesta llamada *tsukimi*. Además de *El cuento del cortador de bambú*, que aunque no se han encontrado referencia del mismo papel hasta el año de 1592, se estima que fue concebido en el siglo X, aunque algunos autores estiman que fue anterior. En el país nipón existe la leyenda del conejo en la Luna, porque sus habitantes consideran que el satélite tiene forma de conejo, sobre todo durante el *tsukimi*.

En la cultura americana precolombina pueblos como los incas, mayas o toltecas, en su panteón existían dioses o seres fantásticos relacionados con la Luna, como ocurría con el dios Metzi de los toltecas, selenita auténtico. Existe en los pueblos habitantes de Centroamérica una leyenda propia del conejo en la Luna, que cuenta

---

[1] *Historia Verdadera*, libro publicado en 2014 por esta misma editorial.

la historia de uno de estos que ante la falta de comida por parte del dios Quetzalcóatl y un grupo de hombres que estaban con él, pidió ser sacrificado para proporcionar alimento a los que lo necesitaba. El dios, ante tan noble gesto, lo premió situando su imagen en la Luna.

En España existe una leyenda que cuenta ya con varios siglos de edad, *El hombre al que se lo tragó la luna*, un cuento muy breve al que no se le puede asignar autor ni fecha, que se compuso en su momento para explicar las manchas lunares que se ven desde la Tierra.

El paso del tiempo trajo la referencia a la Luna —nos detendremos en el siglo XVII- de Dante Alighieri en *Comedia* (1321), Juan Maldonado, en su cuento *Somnium* —que no tiene nada que ver con el texto de casi el mismo título citado a continuación- (1532), Johannes Kepler con *Somnium o Astronomía de la Luna* (1608), Francis Bacon con *Sylva sylvarum* (1627)[2]; Francis Godwin con *El hombre en la Luna* (1638) o Cy-

---

[2] De Francis Bacon la editorial Libros Mablaz ha editado otra obra suya, *La nueva Atlántida*, en 2019.

rano de Bergerac con *Historia cómica de los estados e imperios de la Luna*[3] (1657).

Sobre el fin de libros citados relacionados con la Luna circunscrita al siglo XVII, haremos referencia a dos obras españolas en este sentido publicados la centuria siguiente, que son Viaje fantástico del Gran Piscator de Salamanca... (1724), de Diego Torres de Villarroel, que recoge un viaje en sueños al satélite y José Marchena o Abate Marchena, como fue más conocido en sus últimos años de vida, que publicó en 1787 un relato breve sobre una visita a la Luna en la gaceta El Observador, un periódico de discursos.

Y hay más, pero el prólogo habla de selenitas ancestrales y hace ya un rato que hemos abandonado ese concepto.

Ricardo Muñoz Fajardo

El cuento del cortador de bambú

1

NACIMIENTO DE KAGUYAHIME

---

[3] Recogida junto a Historia cómica de los estados e imperios del Sol en *El otro mundo*, publicada por Libros Mablaz en 2017.

Hace ya mucho tiempo, había un viejo cortador de bambú. Andaba por los campos y montes cortando bambúes para los más diversos usos. Se llamaba Sanuki no Miyatsuko. Un día, encontró un bambú cuyo pie resplandecía. Intrigado, el viejo se aproximó y vio que la luz provenía del interior de una sección del tronco. Al cortarlo, halló a un ser humano del tamaño de tres pulgadas sentado con una gracia sin igual.

El viejo cortador dijo así:

—Ya que te encuentras dentro del bambú que veo cada mañana y cada tarde, queda claro que estás destinada a ser mi hija.

Y se la llevó a casa en la palma de la mano. La confió a su anciana mujer para que la criara. Su encanto era infinito. Como era tan pequeña, la cuidaron metida en una cesta de bambú.

El viejo cortador de bambú seguía cortando bambúes, pero desde que halló a la niña, empezó a encontrar bambúes con oro dentro de cada sección. Así se fue haciendo rico poco a poco.

La niña, a medida que la alimentaban, se la veía crecer, y al cabo de tres meses era ya tan alta como un adulto. De manera que le organizaron la ceremonia de recoger el cabello en lo alto y la vistieron de mayor. La cuidaban con gran amor y nunca le dejaban salir de detrás de los visillos. No había belleza comparable a la suya en el mundo y todos los rincones de la casa estaban llenos de la luminosidad de su hermosura. Si el viejo se encontraba mal, se ponía bien al verla. Si estaba enfadado por algo, se le pasaba.

El viejo cortador de bambú seguía encontrando oro en los bambúes, de forma que se hizo rico y poderoso. Cuando la niña se hizo mayor, el viejo llamó a Inbe no Akita, sacerdote de Mimurodo, para decidir su nombre. Akita la llamó Nayotake no Kaguyahime —la princesa resplandeciente de flexible bambú—. Los festejos se sucedieron durante tres días y tres noches. Lo celebraron con grandes banquetes y con todo tipo de diversiones. Fueron invitados todos los hombres casaderos sin distinción y se divirtieron enormemente.

Todos los hombres del país, los nobles y los no tan nobles, al oír cuanto se decía sobre la princesa, se volvieron locos por conseguirla y casarse con ella. Como era tan difícil verla, incluso para los miembros de la casa, los ajenos se pegaban a las tapias de alrededor y a las puertas del recinto y se reunían enloquecidos y desvelados en las noches oscuras sin luna para espiarla a través de los agujeros que hacían en las vallas.

Dicen que desde entonces se empezó a decir *yobai* —llamar insistentemente— para pretender a la amada.

2

LOS PRETENDIENTES

Algunos intentaban ir por sitios por los que nadie había ido, pero no tenían ningún éxito. O trataban de entregar al menos algún recado a los sirvientes de la casa, pero ni siquiera les hacían caso. Muchos jóvenes señores se pasaban el día allí, desde el alba al crepúsculo, desde la mañana hasta la noche. Los que no albergaban sentimientos verdaderos terminaron diciendo: «Es inútil hacer cosas que no traen buenos resultados», y dejaron de acudir. Al fin quedaron solo cinco que tenían fama de entender bien del amor a las damas y continuaron día y noche sin abandonar ni un instante su deseo. Sus nombres eran: el príncipe Ishitsukuri, el príncipe Kuramochi, el Ministro de la derecha Abe no Miushi, el Gran consejero Ōtomo no Miyuki y el Segundo Consejero Isonokami no Marotari.

Eran personas que deseaban conquistar a cualquier mujer de la que hubieran dicho que era bella. Por eso, al oír de Kaguyahime, su insistencia era extraordinaria.

Su deseo era tal que no comían, y merodeaban alrededor de su casa, aunque todo era en vano. Mandaban cartas de amor a la Princesa, pero ella no les respondía nunca.

Todas las poesías de lamento que componían y que le enviaban no servían de nada. A pesar de todo, ni la nieve ni el hielo del invierno, ni el calor ni los truenos del verano, les impedían volver al lugar.

A veces, se dirigían al cortador de bambú y le suplicaban juntando las dos manos en actitud orante:

—Concededme a vuestra hija.

Pero el cortador les respondía:

—Como no es mi hija carnal, no hace caso a mi voluntad.

Así pasaban meses y días. Los jóvenes volvían a sus casas y se perdían en sus tristes pensamientos, o rezaban y hacían promesas a Buda.

Pero no podían reprimir su pasión amorosa, y pensando y apoyándose en la idea de que «a pesar de todo, algún día tendrá que decidirse por alguno», intentaban demostrar sus deseos con más insistencia.

El anciano, al observar aquella situación, le dijo a Kaguyahime:

—Mi preciosa Buda, aunque tú eres un ser sobrenatural con forma de persona, el cuidado que he puesto en criarte hasta llegar a esta edad no ha sido poco. ¿Me harías caso en lo que te voy a decir?

Kaguyahime:

—¿Cómo podría yo no atender vuestras palabras? No sabía que mi cuerpo fuera el de un ser sobrenatural, pero vos sois a quien yo considero mi padre.

—Lo que me dices me llena de alegría —dijo el anciano—. Ya tengo más de setenta años, y mi vida puede terminar cualquier día. En este mundo, el hombre se une con la mujer y la mujer se une con el hombre. Y así empieza a prosperar la familia. ¿Por qué no vas a hacer tú lo mismo?

Kaguyahime le contestó:

—Pero ¿cómo podría yo hacer una cosa así?

—Aunque tú eres un ser sobrenatural, tienes cuerpo de mujer. Mientras yo viva podría mantenerte soltera como hasta ahora, pero no desprecies a los señores que desde hace tanto tiempo están expresando sus deseos, y elige a uno para casarte.

A estas palabras del anciano, dijo Kaguyahime:

—Yo no soy una mujer hermosa y además no estoy segura de la profundidad del amor que me profesan. Si tuvieran un corazón frívolo, ¡cómo me iba a arrepentir después de casarme! Esto es lo que me atormenta. Aunque sean señores de la nobleza, no podría aceptar el matrimonio sin asegurarme de su verdadero amor.

El anciano:

—Sabía que ibas a decir eso. ¿Pero qué tipo de sentimiento es el que te puede convencer? Todos ellos han demostrado su amor excepcional hacia ti.

Kaguyahime le respondió:

—No es mi intención medir hasta dónde llega el amor de cada uno. Pero quiero hacer una pequeña prueba. Entiendo que todos tienen un corazón semejante, así que será muy difícil saber cuál es mejor o peor. Decidles a los señores que esperan mi respuesta que aquel que sea capaz de traerme lo que yo deseo será la persona que supere a los otros y me casaré con él.

El anciano aceptó de inmediato:

—Eso está bien.

3

CINCO PETICIONES DIFÍCILES.
EL CUENCO DE PIEDRA DE BUDA

Al caer la noche, los cinco nobles se reunieron como era habitual. Había quien tocaba la flauta, quien cantaba o tarareaba una melodía, y había quien silbaba o seguía el ritmo con el abanico.

El anciano salió a decirles:

—Habéis estado viniendo a esta humilde casa durante años, lo cual es un gran honor para mí, por lo que quisiera expresaros mi más profundo agradecimiento.

Y siguió:

—Le dije a la princesa: «Mi vida está a punto de terminar, debes pensar en los nobles señores que te quieren y casarte con uno de ellos». La princesa ha respondido:

«Como ninguno de ellos es superior ni inferior en la seriedad de sus intenciones, el que haga lo que pida será quien demuestre el verdadero amor. Decidiré si me caso o no según el resultado». Creo que es muy buena idea, pues así nadie podrá guardar rencor a nadie.

Los cinco pretendientes respondieron:

—Estamos de acuerdo.

El anciano entró en el cuarto de Kaguyahime y se lo comunicó.

Dijo Kaguyahime:

—Decid al príncipe Ishitsukuri: Hay un objeto que llaman el Cuenco de Piedra de Buda. Quisiera que me lo trajera.

—Al Príncipe Kuramochi: Existe una montaña en el mar oriental llamada Hōrai. Allí crece un árbol cuya raíz es de plata, su tronco de oro y sus frutos de perlas. ¿Querrá traerme una rama de ese árbol? —Al otro—: Que me traiga la piel del ratón de fuego que se encuentra en China. —Al Gran Consejero Ōtomo—: El dragón tiene en su cuello una joya con un brillo de cinco colores. ¿Me la podrá traer? —Al Segundo Consejero Isonokami—: ¿Querrá traerme una de esas conchas llamadas *koyasugai* que guardan las golondrinas?

El anciano:

—¡Son tareas muy difíciles de cumplir! Son cosas que no se encuentran en este país. ¿Cómo voy yo a comunicarles tales peticiones?

A lo cual le respondió Kaguyahime:

—¿Qué es lo que resulta tan difícil?

Ante su firme actitud, el anciano dijo resignado:

—En fin, iré a avisarles.

Entonces salió y les anunció:

—Estas son las palabras de la princesa. Tened a bien traerle lo que ha pedido.

Los príncipes y los tres nobles, al oír al anciano, dijeron:

—Si esa iba ser su respuesta, ya podría habernos dicho que no nos acercáramos a su casa.

Todos se fueron a sus casas tristes y desilusionados.

A pesar de ello, el príncipe Ishitsukuri se sentía incapaz de vivir sin ella y no dejaba de pensar: «Aunque esté en la India, no puedo dejar de traérselo». Pero como era un hombre calculador, pensó finalmente que era imposible viajar miles y miles de kilómetros para encontrar una cosa única en el mundo. Así, mandó a Kaguyahime el mensaje de que se marchaba ese mismo día a la India con la misión de traerle el Cuenco de Buda. Tras tres años de ausencia, en un monasterio de montaña de la villa de Tochi, en la provincia de Yamato, encontró un cuenco para las ofrendas a la imagen de Binzuru que estaba muy ennegrecido por el humo. Lo tomó y lo metió en una bolsa de seda brocada, lo ató a una rama con flores artificiales y lo hizo llevar a casa de Kaguyahime. Kaguyahime, extrañada por lo fácil que le había resultado al Príncipe cumplir su deseo, abrió la bolsa y vio el cuenco. Dentro del cuenco había una carta que decía:

«Yendo por el camino del mar y del monte mis fuerzas se agotaron y derramé lágrimas de sangre sobre el cuenco de piedra».

Kaguyahime examinó el cuenco para

ver si de él emanaba alguna luminosidad, pero no encontró ni siquiera el fulgor de una luciérnaga. Recitó entonces como respuesta:

«Ni el brillo del rocío
siquiera se deja ver.
¿Cómo habrá podido encontrarlo
en el oscuro Monte de Ogura?»

Y devolvió el cuenco. El príncipe tiró el cuenco fuera de la puerta y respondió con el siguiente poema:

«El esplendor del monte blanco
consumió su luminosidad.
Aun tirando el cuenco
sigo confiando en vuestra bondad»

El príncipe llevó esta carta a Kaguyahime, pero no recibió ninguna contestación.

Ni siquiera escuchó las excusas del príncipe. Este no tuvo más remedio que marcharse en silencio.

Desde entonces, dado que después de tirar el cuenco siguió intentando cortejar a la mujer, lo que es poco caballeresco, surgió el dicho *haji o sutsu* —tirar el cuenco— con el significado de carecer de honra.

4

LA RAMA DE GEMAS DE HŌRAI

El príncipe Kuramochi era un hombre astuto. Solicitó permiso a la Corte Imperial para ir a un balneario en la provincia de Tsukushi. Sin embargo, mandó un mensajero a casa de Kaguyahime diciendo que partía en busca de la rama de gemas.

Se fue de Kioto hasta el puerto de

Naniwa acompañado de todos los amigos y súbditos. Pero el príncipe dijo: «Quiero ir de incógnito», de modo que el séquito fue limitado solo a los más allegados. Los que se fueron a verle salir en barco volvieron a la capital tras la despedida. El príncipe, que fingió hacerse a la mar, al cabo de unos tres días volvió a desembarcar en Naniwa.

Lo tenía todo planificado y ordenado de antemano. Reunió a los seis mejores orfebres de entonces, construyó una casa de difícil acceso y, dentro, un horno acorazado con tres muros. El Príncipe se encerró allí con los orfebres para fabricar la rama de gemas utilizando todos los recursos que poseía en sus dieciséis fincas. Lo hicieron tan bien que era exactamente como la que describía Kaguyahime.

Para dar aún mayor verosimilitud a su plan, hizo que la rama llegase en secreto al puerto de Naniwa.

—¡El príncipe ha regresado en barco!

Así lo anunciaron a su palacio. Pero él aparentaba que sufría de agotamiento y permanecía en el barco.

Vinieron muchas personas de Kioto a recibirle. La rama fue llevada a la capital metida en un cofre cubierto de telas preciosas. La gente de la ciudad, que, sin saber cómo, se había enterado, comentaba lo de la rama por todos los rincones de la ciudad:

—El príncipe Kuramochi ha llegado a Kioto con la flor de Udonge.

Kaguyahime, al oír esta noticia, se puso muy nerviosa: «Voy a perder la apuesta con este príncipe», y se quedó con el corazón destrozado.

Mientras tanto, llamaron a su puerta y anunciaron:

—Visita de Su Alteza el príncipe Kuramochi.

El mensajero siguió:

—El príncipe se excusa por venir con el mismo atuendo del viaje.

Salió el anciano a recibir al Príncipe. Este le dijo:

—A riesgo de mi vida he conseguido traer la rama. Quisiera que se la enseñarais a Kaguyahime.

El anciano la llevó al interior. A la rama estaba atada una carta que decía:

«No me importó jugarme la vida en vano. Sin recoger la rama de gemas ¿cómo podría yo haber vuelto?»

La princesa no mostró ninguna emoción mientras leía el poema. El viejo cortador de bambú entró aprisa y le dijo:

—El príncipe ha traído la rama de gemas de Hōrai que tú pediste. Es totalmente idéntica en todos los detalles a la de tu descripción. ¿Qué excusa vas a buscar ahora? Ha venido con el traje de viaje, sin pasar siquiera por su propia casa. Cásate sin más con este príncipe.

Pero la princesa, sin decir una palabra y con la mejilla apoyada en la mano, parecía estar sumergida en una tristeza infinita.

—Ahora ya no admito más excusas.

Así dijo el príncipe, y entró en el recinto de Kaguyahime hasta llegar delante de su habitación. El anciano pensó que tenía razón y le dijo a ella:

—Es una rama de gemas que jamás se ha visto en este país. Ya no tenemos razón para rehusar la propuesta. Es una persona de buen corazón.

Kaguyahime:

—Sentía pena de rechazar obstinadamente todo lo que me decía mi padre, por eso, pedía objetos inalcanzables.

La princesa estaba angustiada por la mala suerte de que le hubieran traído la rama en contra de lo que ella había esperado. El anciano empezó a preparar la habitación para recibir al pretendiente.

Preguntó entonces el anciano al príncipe:

—¿En qué sitio estaba el árbol? ¡Es maravillosamente precioso y magnífico!

El Príncipe le respondió:

—Hace dos años, hacia el diez de febrero, salí del puerto de Naniwa, y en medio del océano me encontraba perdido sin saber a dónde dirigirme, pero, como pensaba:

«¿Para qué voy a vivir si mi deseo no se cumple?», me dejaba guiar por el azar del viento. Si mi destino era morir, ¿para qué iba a resistirme? Mientras durara mi vida y anduviera así, podría toparme con esa montaña que llaman Hōrai. De esta manera navegábamos y flotábamos a merced de las olas. Íbamos ya mar adentro alejándonos de nuestras costas. Una vez, las continuas borrascas estuvieron a punto de hundirnos en el fondo del mar; otra vez, los vientos nos llevaron hasta tierras desconocidas donde aparecieron seres como demonios que nos querían matar; otras veces nos perdíamos en el mar sin saber de dónde habíamos venido y a dónde teníamos que ir; otra vez, no encontrábamos nada con que sustentarnos y teníamos que comer incluso raíces de hierbas; en otra ocasión, monstruos tan horribles que superaban toda explicación nos atacaron para devorarnos; otras veces, en fin, sobrevivíamos solo comiendo moluscos del mar.

»Bajo el cielo incierto del viaje, en sitios donde no había nadie que nos pudiera socorrer, sufríamos todo tipo de males sin saber en qué dirección dirigir la proa. Nos abandonábamos a la marcha del barco e íbamos sin rumbo cuando, al cabo de quinientos días, alrededor de la hora del dragón, vimos entre las olas una tierra que parecía una montaña. Todos a bordo hacíamos esfuerzos para verla mejor. Era una montaña inmensa que flotaba en el mar. La hermosa montaña se erguía sobre el mar, y me convencí de que había encontrado lo que tanto buscaba. Aun lleno de alegría no podía reprimir un cierto terror. Estuvimos dando vueltas alrededor de ella durante dos o tres días, cuando de pronto una mujer vestida como una doncella celestial salió de la montaña y empezó a recoger agua con cuencos de plata. Al verla, desembarqué y le pregunté el nombre de la montaña. La mujer me respondió diciendo que era el monte Hōrai. Su repuesta me llenó de alegría infinita. Ella me preguntó mi nombre y me dijo: «Yo me llamo Ukanruri». Luego desapareció súbitamente en la montaña.

«Viéndola de cerca, la montaña no

parecía que fuera escalable. Costeando alrededor de la isla veíamos árboles con flores jamás conocidas en nuestro mundo.

Manaba de la montaña agua de colores de oro, de plata y de esmeralda. Sobre los riachuelos había un puente hecho de distintas piedras preciosas. Cerca del puente se hallaba una arboleda resplandeciente. El árbol del que corté la rama que traigo ante vos no es de los mejores, pero por no traer algo distinto de lo que la princesa pidió, corté esta rama para presentársela.

»Las maravillas de la montaña eran infinitas. Era algo tan extraordinario que nada en el mundo se podría comparar con aquel lugar, pero una vez cortada la rama, solo mi corazón me urgía, de modo que, ayudados por vientos favorables, al cabo de cuatrocientos días de navegación arribamos a nuestra tierra. Debe de ser gracias a nuestras plegarias. Desde el puerto de Naniwa llegamos ayer a la capital. Excusadme por haber venido aquí directamente, sin cambiarme este traje mojado de agua salada.

Al escuchar el relato del Príncipe, el anciano, conmovido, compuso el siguiente poema:

«Bambúes y bambúes
entre bosques y montañas.
¿Habré visto secciones
de tantas aventuras?».

—Mi corazón, que sufría durante tanto tiempo ha encontrado hoy por fin su serenidad —dijo el príncipe al leer el poema, y le replicó:

«Mi manga del kimono
hoy se seca de dolores.
Miles de penas y tormentas
podré ya olvidar».

Mientras tanto, uno tras otro, seis hombres de la servidumbre aparecieron en el jardín. Uno de ellos, que llevaba una carta en el extremo de un palo, dijo:

—Ayabe no Uchimaro, orfebre perteneciente al Taller del Palacio, le dice al señor: El trabajo de confeccionarle la rama de gemas nos ha hecho invocar a Dios y a Buda haciendo abstinencia de cinco cereales durante más de mil días, lo cual no ha sido tarea fácil. Sin embargo, todavía no me han remunerado. Os suplico que lo hagáis y así podré pagar a mis ayudantes.

Diciendo aquellas palabras, presentó la carta. El viejo cortador de bambú, confundido al oír al orfebre, se preguntó a sí mismo qué significaba todo aquello.

Mientras, el príncipe se había casi desvanecido por el miedo que invadía su cuerpo.

Kaguyahime, ante aquella situación, mandó traer la carta de los artesanos y leyó:

«Su Alteza, el príncipe, estuvo escondido durante mil días junto con estos humildes artesanos en el mismo lugar para mandar hacer una magnífica rama de joyas, prometiéndoles una colocación en palacio. Pero, al no tener ninguna noticia del señor, pensamos que ya que la rama era la que deseaba Kaguyahime, quien iba a entrar al servicio del señor, debíamos requerir nuestro pago a este palacio».

—Deben pagarnos —dijeron.

Tan pronto como escuchó las palabras de los artesanos, Kaguyahime, que a medida que avanzaba la tarde se encontraba cada vez de peor humor, empezó a sonreír abiertamente y llamó al anciano para decirle:

—¡Mira que creernos que era el verdadero árbol de Hōrai! ¡Resultó ser una gran mentira! ¡Hacedme el favor de devolver la rama ahora mismo!

El anciano contestó asintiendo con la cabeza:

—Puesto que fue fabricada artificialmente, es muy fácil de devolver...

Kaguyahime, despejadas totalmente sus penas, compuso el siguiente poema de respuesta:

«Me creía que era verdadera
la rama de gemas.
De cerca descubro
las palabras que la adornan».

Así, junto con el poema, mandó devolver la rama que le había presentado el príncipe. El viejo cortador de bambú, que había hablado con el Príncipe con tanta familiaridad, no sabía cómo arreglar la situación y se hacía el dormido. El príncipe, a su vez, se sentaba y se levantaba todo nervioso hasta que al hacerse de noche se deslizó huyendo en la oscuridad.

Kaguyahime llamó a los orfebres que habían venido a protestar, les dijo que le habían dado una alegría, y ordenó entregarles una gran recompensa. El júbilo de los hombres era inmenso, y se retiraron diciendo: «¡Todo ha resultado como habíamos pensado!». Pero, de camino a su casa, el Príncipe Kuramochi mandó castigarles hasta hacerles derramar sangre. Todos los regalos que habían recibido les fueron arrebatados y tirados. Los hombres se dieron a la fuga y desaparecieron.

El príncipe se dijo:

—¡Vergüenza en mi vida no puede haberla mayor que esta! No solo no he podido conseguir a la mujer sino que seré objeto de murmuraciones y se burlarán de mí.

Salió sin séquito y se adentró en lo profundo de la montaña. Sus oficiales y sus servidores, todos, anduvieron en busca del príncipe, pero, como si se hubiera muerto, nadie pudo encontrarle. El príncipe se ocultó porque no quería aparecer ante su gente durante algunos años. Desde entonces, empezaron a decir *tamasakanaru* —joyas falsas— para referirse al hecho de encontrar a alguien que estaba escondido.

5

LA PIEL DEL RATÓN DE FUEGO

El Ministro de la Derecha, Abe no Miushi, poseía una gran fortuna y su familia era influyente. Ese año llegó de China un barco mercante. El Ministro escribió entonces al dueño del barco, llamado Ōkei, pidiéndole que adquiriera para él lo que se llamaba la piel del ratón de fuego. Seleccionó entre sus súbditos a la persona de más confianza, llamada Ono no Fusamori, y le mandó llevar la carta. Fusamori la llevó hasta China y se la entregó a Ōkei junto con el oro correspondiente. Ōkei abrió la carta, la leyó y escribió la respuesta:

«La piel del ratón de fuego no existe tampoco en este país. He oído hablar de ella, pero jamás la he visto. Si existiera en este mundo, alguien podría haberla traído a este país. Va a ser un asunto difícil. Si de una entre diez mil posibilidades hubiera llegado a la India, podría preguntárselo a los señores ricos. Si se tratase de algo inexistente, le devolveré el dinero con el mensajero».

Al cabo de algún tiempo, volvió el mismo barco a Japón. Ante la noticia de que Ono no Fusamori había regresado a Japón y que iba a venir a la capital, el ministro hizo traer un caballo rápido y se lo envió para recibirle. Fusamori, utilizando ese caballo, llegó desde Tsukushi en tan solo siete días. La carta de Ōkei decía así:

«Conseguí la piel del ratón de fuego a duras penas enviando gente por todas partes en su busca. No solo en nuestros tiempos sino también en otros, es cosa que no se puede encontrar fácilmente. Sin embargo, oí que hacía tiempo un venerable sabio de la India la había traído a este país y que se conservaba en un monasterio de las montañas occidentales. Tuve que solicitar la intervención del Gobierno y, con mucha dificultad, conseguí comprarla. El gobernador de la provincia me hizo saber por su mensajero que la cantidad de oro que vos me confiasteis era insuficiente, de manera que yo añadí de mis bienes lo que precisaba. Me debéis, pues, cincuenta *ryō* de oro. Os pido que me los mandéis con un barco que regrese a China. De no hacerlo así, devolvedme la piel que os confié».

Tras la lectura de la carta, el ministro exclamó:

—¡Qué dice! Solo es un poco más de dinero. ¡Qué bien ha hecho en enviármelo!

Diciendo esto se inclinó respetuosamente en dirección a Morokoshi, la tierra de China.

El cofre que guardaba la piel estaba hecho de extraordinarios esmaltes que brillaban en diversos colores. La piel era del azul más profundo del cielo y las puntas de los pelos relucían como el oro. Parecía una joya auténtica y su belleza era incomparable. Su condición de no quemarse con el fuego quedaba como algo secundario ante aquella preciosidad sin par.

—Ahora comprendo por qué le gustaba a Kaguyahime esta piel —se dijo el

Ministro, y la metió en una caja con gran cuidado para llevarla a casa de

Kaguyahime. Según la costumbre, ató la caja a una rama y se arregló más de lo habitual pensando que seguramente iba a quedarse a pasar la noche con Kaguyahime.

El poema que compuso entonces decía así:

«El abrigo de piel que no arde
ni siquiera con mi amor apasionado,
nos vestiremos hoy tú y yo
porque seca está mi manga del kimono».

Al llegar a la casa de Kaguyahime, el Ministro llamó a la puerta. El cortador de bambú salió a recibirle y llevó la caja a Kaguyahime. Dijo ella al examinar la piel:

—Parece una piel extraordinaria, pero no sé quién me puede asegurar que esta es la verdadera.

El cortador de bambú le contestó:

—De todas maneras, vamos a invitar al ministro a que suba. Es una piel espléndida que no se ve normalmente. Hazte a la idea de que es la verdadera. No debes hacer sufrir tanto a la gente.

Con este reproche, el cortador de bambú invitó a entrar al Ministro. Su mujer se convencía con la idea de que ya que le habían invitado a entrar en casa, esta vez su hija tendría que casarse. El anciano lamentaba que Kaguyahime se quedara soltera y se preocupaba de que se casara con una persona de buena posición social. Pero la princesa no accedía nunca y siempre decía que no a todos. Como tampoco se trataba de algo a lo que pudieran obligarla, era lógico el pensamiento de la anciana.

Kaguyahime dijo entonces al anciano:

—Solo si esta piel no arde será la señal de que es la auténtica y me plegaré a la propuesta de mi señor. Vos me habéis dicho que debo creer que es la verdadera porque se trata de algo único en el mundo. Pero aún me queda probarla con el fuego.

El anciano asintió al razonamiento de Kaguyahime y así se lo explicó al ministro.

—Pero si esta piel ni siquiera la encontraban en China y logré localizarla tras larga búsqueda por todas partes y al final la conseguí a duras penas, ¿qué duda puede haber?

El ministro se mostró contrario a la propuesta, pero el anciano insistió en probarla en el fuego. Ante la firmeza del anciano, el ministro mandó arrojarla al fuego, y la piel ardió con viveza.

—¿Habéis visto? ¡Era una piel falsa! —exclamó la princesa.

La cara del ministro se puso verde como la hierba. La alegría de Kaguyahime era incontenible. Rápidamente escribió un poema en respuesta al que le había mandado el ministro y lo envió dentro de la caja que ya no contenía nada.

«Sin dejar ni rastro
si hubiera sabido que se iba a quemar,
lejos del fuego de mis sospechas
la habría tenido para admirar».

Al leer el poema, el ministro no tuvo más remedio que retirarse.

Corrían voces que decían: «El ministro Abe ha traído la piel del ratón del fuego y ya se ha casado con Kaguyahime. ¿Vive ahora en este palacio?». Alguien de la casa le respondió que cuando la arrojaron al fuego la piel se quemó con tanta viveza que por esa razón Kaguyahime no se había casado con él.

A partir de entonces, se empezó a decir *abenashi* —sin el ministro Abe— cuando algo no se conseguía y uno perdía la ilusión.

6

LA JOYA DEL CUELLO DEL DRAGÓN

El Gran Consejero Ōtomo no Miyuki convocó a todos los que le servían en su palacio y declaró:

—Dicen que en el cuello del dragón hay una joya que desprende un brillo de cinco colores. Al que la consiga y me la traiga le concederé lo que desee.

Los hombres, al escuchar a su amo, le respondieron unánimemente:

—Agradecemos las órdenes de nuestro señor, pero esa joya no es fácil de obtener. Además, si dice que se halla en el cuello del dragón, ¿cómo podríamos conseguirla?

El Gran Consejero les dijo:

—Un servidor fiel debe pensar en cumplir la misión que le encomienda su señor aun arriesgando su vida. No se trata de algo que no exista en este país y para lo que uno tenga que viajar hasta China o la India. Los dragones ascienden al cielo desde nuestros mares y montañas y descienden a ellos también. ¿Qué es lo que os hace pensar que es imposible?

Y los hombres le contestaron:

—¿Qué vamos a hacer? Aunque vuestra orden sea muy difícil de cumplir, la acataremos y saldremos ahora mismo en busca de la joya.

El Gran Consejero, al oír esta respuesta, se puso muy contento y les dijo:

—Tenéis fama de servirme con lealtad. Estoy convencido de que no vais a defraudar la confianza de vuestro señor.

Así, los mandó marchar en busca de la joya del cuello del dragón y como dotación para el camino les dio sedas, algodón y dinero, todo lo que guardaba en su palacio.

—Yo, por mi parte, guardaré abstinencia hasta que volváis. Así que no regreséis si no es con la joya en la mano.

Con estas palabras del Gran Consejero los hombres se despidieron.

—Dijo que no volviéramos si no conseguíamos la joya del cuello del dragón. En esas condiciones, da igual dirigirnos a cualquier dirección.

Y lamentaron la orden tan difícil que su amo les había impuesto. Lo que recibieron lo repartieron entre todos; unos se encerraron en su casa y otros se fueron a donde cada uno quiso. Todos sin excepción criticaron al Gran Consejero por mandar algo inalcanzable diciendo que ni padres ni señores podrían darles órdenes de ese tipo.

Mientras, el Gran Consejero dijo que el palacio no estaba suficientemente acondicionado para recibir a Kaguyahime e hizo construir un nuevo suntuoso pabellón. Sus paredes fueron pintadas en laca, adornadas de *maki-e*[4] y sobre los tejados colocaron unos cordones teñidos de diversos colores. En el interior del edificio, cada habitación fue decorada con unos tejidos maravillosos de seda sobre los que añadieron pinturas. Además, despidió a las mujeres que le habían servido hasta entonces para poder preparar bien la boda con Kaguyahime, guardándole ausencia día y noche.

Esperaba impacientemente el Gran Consejero a sus hombres, pero no recibía

---

[4] *Maki-e* (literalmente: imagen salpicada) es una técnica de decoración de laqueado japonés en la que se dibujan imágenes, patrones y letras con laca sobre la superficie de un objeto, y luego se rocía polvo metálico como oro o plata, que queda fijado (fuente: Wikipedia).

ninguna noticia, y así transcurrió un año. Agotada su paciencia, fue hasta cerca de Naniwa acompañado solo por dos guardas que le servían de mensajeros. Tenía aspecto de pobre y cansado.

—¿No habréis oído si la gente del palacio del Gran Consejero se ha embarcado para ir a matar a un dragón y si ha recogido la joya de su cuello? —preguntó a unos marineros, que le respondieron riéndose:

—¡Qué historia más extraña! No hay ningún barco que se preste a tal aventura.

El Gran Consejero pensó: «¡Qué gente más torpe que no entiende mi razón; seguramente me contestan así porque no me reconocen!».

Y dijo:

—Para demostrar la fuerza de mi

arco solo hace falta que aparezca el dragón; lo mataré de un flechazo y le quitaré la joya que lleva en el cuello. No hay más tiempo de espera para servidores tan lentos.

Y se embarcó y navegó por diversos mares hasta que un día se encontró muy lejos, fuera ya de la costa de Tsukushi.

De repente, sin que nadie lo pudiera prever, se levantó un viento fuerte y el cielo se oscureció. El barco iba de un lado para otro arrastrado por el temporal. Perdido por completo el control, el barco parecía que se iba a hundir en el mar. Las olas atacaban como si quisieran devorar al barco. Los relámpagos brillaban por todo el cielo. El Gran Consejero, aturdido, dijo al barquero:

—Nunca he tenido una experiencia

tan horrible, ¿qué va a ser de nosotros?

El barquero le contestó:

—Yo he navegado muchas veces por todas partes y nunca me había visto en una situación tan penosa. O nos hundimos en el fondo del mar o nos fulmina un rayo.

Aun contando con la ayuda de los dioses, terminaremos naufragando en el terrible mar del Sur. ¡Ay! ¿Por qué me ha tocado a mí una suerte tan inútil, solo por haber acompañado a tan irresponsable señor?

Habiendo dicho esto, el barquero rompió a llorar. El Gran Consejero, que estaba totalmente mareado, le dijo entre vómito y vómito:

—Se dice que, estando en un barco, hay que respetar lo que ordena el capitán con la misma devoción que se venera a una montaña alta. Sin embargo, solo decís cosas que me desconsuelan.

A esto respondió el barquero:

—Pero yo no soy un dios que pueda remediar la situación. No solo sopla un viento que levanta olas violentas sino que hasta los rayos están a punto de caer sobre nuestras cabezas. Es porque habéis querido matar al dragón. Este vendaval seguro que es por culpa del dragón. ¡Encomendaos rápidamente a los dioses!

—Está bien —aceptó el Gran Consejero, y empezó a recitar la siguiente oración:

«Escúchame, dios de los capitanes. Yo tuve el absurdo e infantil deseo de matar a un dragón, pero, de ahora en adelante, juro no tocar siquiera uno de sus pelos».

Sería porque el Gran Consejero repitió la oración mil veces entre sollozos y llantos, pero lo cierto fue que los truenos se fueron alejando poco a poco. Cuando aún no habían terminado de desaparecer los relámpagos y de calmarse los vientos, el barquero dijo:

—Todo es obra del dragón. Este viento nos favorece. No es un viento malo. Nos llevará seguro en la dirección deseada.

Perdido en su angustia, el señor no reaccionó ante estas palabras.

Después de tres o cuatro días con el viento a favor, llegaron finalmente a tierra.

Se trataba de la playa de Akashi en la provincia de Harima. El Gran Consejero pensó que había llegado a alguna playa en el mar del Sur, y se quedó jadeante sin levantar la cara. Los marineros salieron a avisar al Gobierno Provincial, pero ni siquiera cuando llegó el Gobernador a rendir pleitesía pudo levantarse el señor, y permaneció tumbado en el interior del barco. La gente preparó una cama provisional en la playa hecha de ramas de pinos y le llevaron hasta allí. Fue entonces cuando el Gran Consejero se dio cuenta de que no se encontraba en el mar del Sur y quiso levantarse con gran esfuerzo. Presentaba el aspecto de estar muy afectado por una enfermedad causada por el viento; su vientre estaba muy hinchado y sus ojos eran como dos ciruelas. Al verle, el gobernador no pudo reprimir su risa.

El Gran Consejero mandó al Gobierno fabricar un palanquín, y se hizo llevar en él, entre lamentos, a su casa en Kioto. Entonces, sin saber cómo, los hombres que anteriormente estaban a su servicio se reunieron para decirle lo siguiente:

—Como no pudimos lograr la joya del cuello del dragón, no nos hemos atrevido a volver al palacio. Sin embargo, ahora que sabe el señor que no es objeto alcanzable, hemos regresado pensando que ya no nos castigará.

El Gran Consejero, recuperado hasta poder sentarse, les declaró:

—¡Habéis hecho muy bien en no traerlo! Resulta que el dragón pertenece a la clase de los truenos. Por querer quitarle su joya, ¡cuánta gente ha estado a punto de morir! Además, si hubiéramos capturado el dragón de verdad, nos habría podido matar fácilmente. ¡Menos mal que no lo habéis capturado! Todo esto ha ocurrido porque la gran mentirosa de Kaguyahime ha querido quitarnos la vida. Nunca jamás me acercaré a su casa. Vosotros tampoco debéis ir por allí.

Tras estas palabras, el Gran Consejero regaló lo poco que le quedaba en el palacio a los hombres que habían fracasado en la aventura de arrebatar la joya del dragón.

La antigua mujer que antes había sido repudiada, al oír esta historia se rio hasta sentir que se le rompía el vientre. Los cordones de colores que decoraban los tejados se los llevaron los milanos y los cuervos para hacer sus nidos. La gente preguntaba:

—¿El Gran Consejero vino con la joya del cuello del dragón?

Y contestaban los del palacio:

—No, no fue posible. Pero, en su lugar, regresó a casa con los ojos como dos ciruelas.

—Esas ciruelas deben de causar un dolor insoportable y ni siquiera sirven para comer —dijeron.

De esta manera nació la expresión *ana tabegata* —no se puede aguantar o no se puede comer— cuando algo no resulta como uno quiere.

7

KOYASUGAI DE GOLONDRINA

El Segundo Consejero Isonokami no Marotari ordenó a sus servidores:

—Avisadme cuando las golondrinas hagan sus nidos.

Los hombres le preguntaron para qué lo quería saber. Isonokami les explicó:

—Es para recoger el *koyasugai* que guardan las golondrinas.

—No lo encontraríamos aunque destripáramos muchas golondrinas. Dicen que solo cuando ellas ponen huevos, no se sabe cómo, lo pueden soltar. Y si alguien lo ve, las conchas desaparecerán —dijeron los hombres.

Pero en vista del interés que tenía el Segundo Consejero, hubo gente que le propuso la siguiente idea:

—Hay numerosas golondrinas que hacen sus nidos en los agujeros de los soportes del tejado de la cocina que está en el Gran Almacén de Arroz y Cereales.

Mandad a personas fieles a vos construir andamios que lleguen a suficiente altura para poder observar a las golondrinas. Como hay tantas golondrinas no tardarán en reproducirse. Será precisamente entonces cuando podéis dar la orden de conseguir el *koyasugai*.

Al oír esta recomendación, el Segundo Consejero, en el colmo de su alegría, exclamó:

—¡Espléndida idea! A mí no se me hubiera ocurrido. Vuestra idea es muy interesante.

Dicho esto, mandó unos veinte hombres de confianza subir a un andamio y colocarse bien para vigilar las golondrinas. Cuando vio cumplida la orden, incesantemente enviaba mensajeros a preguntar si habían conseguido la concha que facilitaba el parto.

Las golondrinas, asustadas por la presencia de tantos hombres que subían a verlas, no acudían siquiera a hacer el nido. El Gran Consejero, al ser informado de lo que ocurría, empezó a inquietarse pensando en qué se podría hacer a continuación.

Entonces un anciano oficial del Gran Almacén llamado Kuratsumaro se presentó ante el Segundo Consejero diciendo que si su deseo era obtener el *koyasugai* le prepararía un plan. El Segundo Consejero le permitió al oficial entrar en su recinto y se sentó tan cerca de él que casi tocaba su frente con la suya. Dijo Kuratsumaro:

—La estrategia que habéis adoptado para conseguir el *koyasugai* de golondrina no es la acertada. No podréis conseguirlo de esa manera. Si hay hasta veinte personas en los andamios, las golondrinas no se atreverán a acercarse. Lo que debéis hacer es derrumbar esos andamios, diseminar a los hombres, elegir solo a una persona de confianza para que suba sentada en una cesta tirada por una cuerda y, en el momento en que la golondrina ponga sus huevos, mandar a los hombres escondidos que tiren de la cuerda, de tal manera que la persona que tiene el nido a su alcance pueda conseguir a traición la concha que guarda el ave.

El Segundo Consejero asintió a las palabras del anciano oficial. Quitaron los andamios y todos volvieron al palacio. Entonces le preguntó el Segundo Consejero a Kuratsumaro:

—¿Cómo se puede saber cuándo ponen los huevos las golondrinas, para que subamos la cesta en ese preciso momento?

—Sé que las golondrinas, cuando ponen los huevos, levantan la cola y dan siete vueltas. Así que ese sería el momento de conseguir el *koyasugai* —le respondió Kuratsumaro.

El Segundo Consejero, muy complacido, se fue personalmente sin avisar a nadie al Gran Almacén y dirigió día y noche la operación mezclado entre sus hombres. A Kuratsumaro, que le había proporcionado tan valiosa información, le quiso expresar su agradecimiento y le dijo:

—Me llena de alegría una persona como tú, que, sin estar a mi servicio, ha hecho realidad mi deseo.

Tras decirle esto, le regaló como recompensa al anciano el kimono que llevaba, y le dijo, antes de permitir que se marchara, que volviera al Almacén por la noche.

Al caer la noche, se fue al Almacén y observó que, efectivamente, las golondrinas estaban haciendo sus nidos. Cuando las golondrinas empezaron a dar vueltas con sus colas levantadas, como había dicho Kuratsumaro, ordenó subir la cesta con una persona dentro, para que buscara la concha metiendo la mano dentro del nido.

El que subió en la cesta gritó desde lo alto:

—¡No hay nada!

Esto puso furioso al Segundo Consejero:

—¡No lo encuentras porque no sabes buscarlo! Solo yo sabré cómo hacerlo. Subiré y buscaré yo mismo.

Se metió en la cesta, que hizo subir a los hombres tirando de la cuerda, y aguardó el momento con atención. De pronto, una golondrina empezó a dar vueltas con su cola en alto. El Segundo Consejero no perdió la ocasión y rápidamente extendió la mano para tentar dentro del nido y tocó algo plano. Gritó con entusiasmo:

—¡He asido algo con mi mano! ¡Bajadme rápido! ¡Anciano, lo he conseguido!

Los hombres intentaron bajarle con tanta prisa que tiraron demasiado fuerte de la cuerda. La cuerda se rompió por la mitad y el Segundo Consejero cayó estrepitosamente boca arriba encima de una de las ocho ollas de cocer el arroz llamadas *yashima*. La gente, toda alborotada, se acercó a recogerle y vieron que el señor estaba sin conocimiento y con los ojos en blanco. Le dieron a beber un poco de agua y apenas recobró el conocimiento. Entre todos le agarraron por los brazos y las piernas para bajarle de la olla al suelo. Sus hombres, con temor y pena, preguntaban cómo se encontraba el señor. El Segundo Consejero, entre tenues suspiros, articuló las siguientes palabras:

—Creo que tengo la cabeza bien, pero no puedo mover las caderas. Sin embargo, estoy contento de haber tenido la suerte de conseguir el *koyasugai*. Traed las velas aquí, que me muero de ganas de ver la concha.

Levantó la cabeza, y cuando abrió su mano, no vio más que el excremento ya-seco que había depositado la golondrina.

—¡Ay!, ¡qué esfuerzo más inútil! —se lamentó el señor.

De este hecho proviene la expresión *kai nashi* —no tener la concha— para decir que un intento ha fracasado a pesar del esfuerzo.

Al ver que lo que tenía en la mano no era una concha, se puso fatalmente mareado y sus hombres no pudieron ni siquiera meterle en un cofre chino para llevarle a su casa. Se había roto la cadera. El Segundo Consejero no quería que la gente de la capital se enterara de aquel pueril desenlace a su petición de mano de Kaguyahime y se inquietó tanto que empezó a debilitarse. Lo que le atormentaba no era el no haber podido conseguir la concha, sino que la gente se riera de él al oír la historia. Así llegó a pensar que aquella infamia le importaba más que la muerte por enfermedad.

Kaguyahime, cuando se enteró de esta desgracia, le mandó un poema de consuelo:

«Como los pinos de Suminoe
que no reciben las olas del mar,
años espero sin verte aquí.

¿Es verdad lo que dicen?»

Cuando se lo leyeron al Segundo Consejero, a pesar de que se encontraba muy debilitado, escribió con grandes esfuerzos sobre el papel que le sostenían:

«Recibo tu carta que vale una concha y si tienes un poco de compasión, podrías salvar la muerte de mi vida sirviendo la medicina con esa concha».

Apenas hubo terminado de escribirlo, dejó de respirar. Kaguyahime, ante la noticia de su muerte, se sintió algo conmovida. A partir de aquel día, dicen de un resultado feliz: *kai ari*, hay una concha.

8

LA CAZA IMPERIAL

La fama de la belleza sin par en este mundo de Kaguyahime llegó a oídos del

Emperador, el cual llamó a una dama del Servicio de la Corte, Nakatomi no Fusako, y le dijo:

—¿Qué clase de mujer es esa llamada Kaguyahime, que no hace caso de ninguno de sus pretendientes y que ha destruido a tantos hombres? Ve a visitarla a su casa, e infórmame de lo que veas.

Fusako se retiró del palacio para cumplir la orden.

Los de la casa del cortador de bambú la recibieron con todo respeto y la invitaron a entrar. La dama le dijo a la anciana dueña que salió a recibirla:

—Según las palabras de Su Majestad el Emperador, Kaguyahime debe ser una mujer de suprema hermosura. He venido hoy a visitaros siguiendo su mandato de confirmar la verdad con mis propios ojos.

La anciana se retiró entonces para transmitir a Kaguyahime las palabras de la dama:

—¡Recibe ya, hija, a la enviada de Su Majestad!

Y Kaguyahime le contestó:

—Yo, que estoy desprovista de cualquier gracia, ¿cómo puedo dejarme ver?

—¡Qué necedad dices! ¿Cómo vamos a tratar descortésmente a una enviada de Su Majestad? —dijo la mujer.

Sin embargo, Kaguyahime no cedió en su postura:

—Aunque Su Majestad me envíe sus palabras, no las considero un honor.

La anciana la quería y la trataba como si fuera su verdadera hija, pero la férrea firmeza de la Princesa le causó casi respeto y no pudo censurarla más. De este modo, la anciana volvió al vestíbulo y explicó a la dama:

—Desgraciadamente, la niña tiene un carácter muy tozudo y parece que no os va a recibir.

A lo que respondió la dama del Servicio de la Corte en tono de reproche:

—Su Majestad me dio la orden de ver sin falta a la Princesa. ¿Cómo podré marcharme sin cumplir la misión? ¿Puede existir algún viviente en este mundo que tenga la osadía de rechazar lo que ordena el Soberano? ¡Que no se le ocurra hacer algo tan incalificable!

Kaguyahime, que oyó las palabras de la dama, endureció aún más su actitud:

—Si dicen que soy rebelde a las órdenes de Su Majestad, ¡que me quiten la vida ahora mismo!

La dama del Servicio de la Corte volvió al palacio e informó de lo sucedido a Su Majestad. El Emperador, al oírla, dijo:

—¡Esa es la terquedad que ha terminado matando a tantas personas!

La cosa no pasó de ahí aquel día. Sin embargo, como no pudo dejar de pensar en ella y creyó que no debía dejarse vencer por la astucia de aquella mujer, mandó al anciano un mensaje que decía:

«Ofreced al Palacio Imperial a Kaguyahime, que mora en su casa. Envié a una emisaria al entender que era de una belleza extraordinaria, pero volvió sin conocerla. No debo permitir tal comportamiento irrespetuoso».

El anciano, todo encogido y nervioso, le respondió:

—Estoy disgustado con mi pequeña, que no tiene ninguna intención de entrar en el servicio del palacio. De todos modos, voy a transmitirle sus palabras.

El Emperador, al oírlo, declaró:

—Si la ha criado con sus propias manos, ¿cómo es posible que no obedezca su voluntad? Si consigue convencerla para que entre a servir en el palacio, le otorgaré un título de nobleza.

El anciano, todo contento, volvió a su casa para persuadir a Kaguyahime con estas palabras:

—Ya ves cómo lo desea Su Majestad. ¿Todavía no accedes a aceptar la llamada del palacio?

Kaguyahime le respondió al anciano:

—Mi decisión de no entrar al servicio del palacio es absolutamente firme. A pesar de ello, si me quieren forzar a servir allí, yo desapareceré. Haré lo que haga falta para que os otorguen el título y después no me quedará más que morir.

—¡No digas eso! ¿Para qué serviría un título o un rango si no pudiera ver más a mi querida hija? Las cosas son así, pero ¿por qué no servir a Su Majestad? No creo que debas morirte por eso.

—Si todavía dudáis de mi palabra, mandadme al palacio y veréis si me muero. Muchas personas me han demostrado sus sentimientos y una pasión extraordinaria y no tuvieron éxito. Si yo obedezco a lo que hoy o mañana pueda ordenar Su Majestad, ya no podría mirar nunca más a la gente a la cara.

Ante esta declaración de su hija, el anciano no tuvo más remedio que resignarse:

—Los asuntos de la política pueden ser de un modo u otro, pero proteger tu vida es lo que más me preocupa. Iré al palacio a transmitir el mensaje de que no tienes intención de servir a Su Majestad.

El anciano se marchó al palacio y pidió que le hicieran llegar al Emperador lo siguiente:

«Al recibir con gran respeto las órdenes de Su Majestad, hice todo lo posible para hacer venir a mi hija al palacio, pero me dice que se quitará la vida si la forzamos a entrar a su servicio. Como esta no es una hija nacida de vuestro servidor Miyatsukomaro, sino una niña que encontré hace tiempo en la montaña, su naturaleza tampoco parece ser de este mundo».

Al Emperador, entonces, se le ocurrió una idea y dijo:

—Dicen que la casa de Miyatsu-komaro está situada cerca del pie de la montaña. ¿Podría verla con el pretexto de una cacería en esa zona?

Miyatsukomaro expresó inmediatamente su consentimiento:

—¡Excelente idea! ¿Por qué no? Cuando esté desprevenida, pasa Su Majestad a visitarla. Seguro que la podrá ver.

El Emperador decidió al momento la fecha de la cacería y se fue a visitar la casa de Kaguyahime. Cuando entró en el edificio, vio a una persona de suma belleza sentada con una aureola que llenaba de luz el lugar. Pensó que era Kaguyahime y, al intentar huir ella al interior de la casa, agarró la manga de su kimono. Aunque se había cubierto la cara con la manga, él había conseguido verla lo suficiente como para juzgar sobre su gran hermosura.

—¡No te voy a soltar! —declaró el Emperador.

Y cuando intentaba llevarla con él afuera, Kaguyahime le respondió:

—Si mi persona hubiera nacido en este mundo al que pertenece a Su Majestad, me podría ordenar servirle. Pero la realidad no es así. Por tanto, no os será fácil llevarme con Su Majestad.

A pesar de ello, el Emperador hizo acercar el palanquín diciendo que la llevaría con él de todos modos. Entonces, de repente, Kaguyahime se convirtió en una sombra. El Emperador, sorprendido y apesadumbrado, comprendió que no se trataba de una persona normal.

—Ya que no es posible llevarte conmigo, vuelve a convertirte en persona. Quiero verte otra vez antes de marcharme.

Kaguyahime, ante estas palabras del Emperador, recobró su figura original.

El Emperador, aun conociendo los poderes mágicos de la Princesa, no pudo reprimir un sentimiento de admiración por Kaguyahime. Y a Miyatsukomaro, que le había permitido ver a su hija, le mostró su agradecimiento.

En respuesta a este reconocimiento, el anciano obsequió a todos los oficiales del séquito imperial con un suntuoso banquete. En cuanto al Emperador, le entristecía tener que marchar dejando atrás a Kaguyahime. Aunque sentía que se quedaba su alma en aquel lugar, se subió en el palanquín que le llevaría al palacio. Antes de ordenar la marcha, dirigió este poema a Kaguyahime:

«Mi camino de regreso lleno
de pena que me pesa al andar.
Vuelvo la cabeza a ver
a mi rebelde Kaguyahime».

La respuesta de Kaguyahime fue:

«Humilde y cubierta de hiedras
la casa en que yo crecí.
¿Cuándo me permitiré la osadía
de ver vuestro Palacio Imperial?».

Al leer este poema, el Emperador se sintió desorientado y pensó dejarse llevar por el deseo de permanecer allí. Pero, como no podía pasar la noche en aquel lugar, finalmente decidió volver al palacio.

Observaba a las mujeres que le servían diariamente en el palacio, y cada día estaba más seguro de que ninguna podía competir en belleza con Kaguyahime. Si, entre algunas con fama de ser las más bellas, escogía a una para tenerla a su lado, no le parecía siquiera comparable. Solo Kaguyahime ocupaba su corazón, y pasaba las noches solitarias. Poco a poco sin razón aparente fueron disminuyendo las visitas a los recintos de sus mujeres. Escribía únicamente a su amada Kaguyahime con asiduidad. En respuesta a sus cartas, a pesar del rechazo inicial, ella también le escribía expresando sus sentimientos. Sintiendo algo aliviada su pena, el Emperador componía poemas con motivos de plantas y flores de las estaciones y se los mandaba a Kaguyahime con el mensajero.

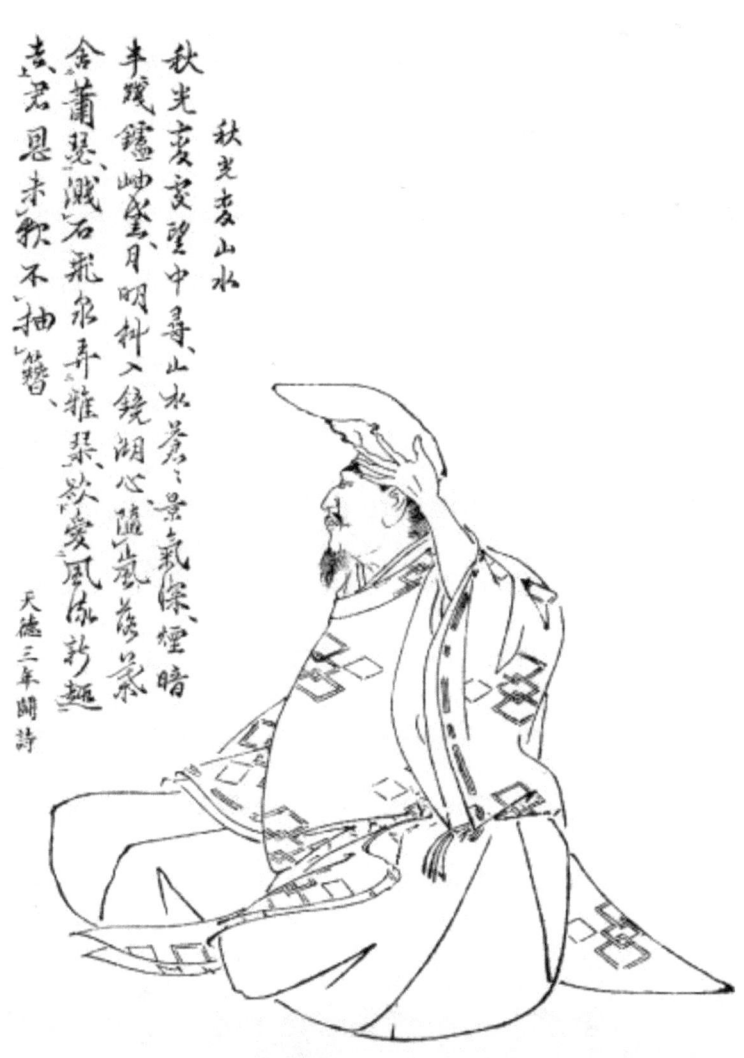

9

EL CELESTE VESTIDO DE PLUMA

De esta manera, correspondiéndose mutuamente el Emperador y Kaguyahime en el sentir amoroso, pasaron tres años. Desde el comienzo de la primavera de ese año, Kaguyahime, al ver la luna que ascendía espléndida en el cielo, parecía encontrarse más pensativa de lo normal. Una de las damas de compañía la reprendía diciendo que ver la cara de la luna traía una suerte nefasta, pero al menor descuido se ponía a contemplarla y sollozaba profundamente.

Cuando el día quince del octavo mes

llegó la luna llena, salió de su habitación a mirarla y la vieron sumida en una honda tristeza. La servidumbre, preocupada, fue a decírselo al anciano cortador de bambú:

—Kaguyahime siempre ha sido sensible a la melancolía de la luna, pero lo que observamos estos últimos días es ya algo extraordinario. Debe de tener una pena muy grande. Os ruego que le dispenséis un cuidado especial.

El anciano le dijo entonces a Kaguyahime:

—¿Cuál es el motivo de querer mirar la luna y de estar tan profundamente pensativa, si todo en este mundo es tuyo?

Kaguyahime dijo:

—Es simplemente porque contemplar la luna me hace pensar en la incertidumbre y en la pena de este mundo. Yo no tengo ninguna razón para estar apenada.

Sin embargo, unos días más tarde, cuando el anciano entró en la habitación de su hija, pudo confirmar su preocupación de que algo le pasaba a Kaguyahime.

—Mi preciosa Buda. ¿Qué estás pensando? ¿Cuál es el motivo de tu pesar?

—No hay ningún motivo especial. Solo me siento algo inquieta —dijo ella.

Y el anciano continuó:

—No mires más la Luna, pues parece que al mirarla te pones triste.

—¿Cómo podría no mirar la luna?

Y cada noche que salía la luna, iba al corredor que daba al jardín y se sentaba para contemplarla y acongojarse. Durante las noches oscuras en que tardaba en salir la luna después del veinte del mes se mostraba menos melancólica, pero cuando empezaba a salir la luna nueva a principios del mes se la podía volver a ver sumida en lágrimas y suspiros. Las damas de compañía, al encontrarla en este estado, murmuraban que era seguro que tenía algo que le apenaba, a pesar de lo que decía la Princesa. Pero ni los padres ni estas mujeres conocían la razón.

Un día, cerca del quince del octavo mes, al salir la luna, Kaguyahime se puso a llorar desesperadamente. Ya no ocultaba sus lágrimas a nadie. Ante tanta congoja, los padres, preocupados, se interesaron por ella. Kaguyahime, entre sollozo y sollozo, les dijo en voz baja:

—Padres míos, desde hace mucho tiempo quería contároslo, pero, como pensaba que si lo sabíais seguro que ibais a inquietaros, he dejado pasar los días hasta hoy. Ya no puedo estar más tiempo sin daros explicaciones. Ahora os lo voy a contar todo. Mi cuerpo no pertenece a este mundo, sino que soy de la capital de la luna. A pesar de ello, por una unión del destino que se dio en la vida anterior, he venido en forma humana a este mundo. Ya ha llegado el momento de regresar a mi lugar de origen. El día quince de este mes vendrán los de mi país a recogerme. No tendré, entonces, más remedio que irme con ellos y, al pensar en el dolor y la pena que eso os puede causar, estoy triste desde esta primavera.

Al terminar de contar la historia, se echó a llorar aún más. El anciano exclamó:

—¡Qué cosas dices! Yo te encontré dentro de un bambú, eras como un grano de colza, y te crie como a una hija hasta que has crecido a la misma altura que yo. ¿Cómo te podrían arrebatar de mi lado? Yo no lo permitiré.

Habiendo dicho eso, se sumió en un mar de lágrimas y gritó sin poder contener su dolor:

—¡Yo sí que quiero morirme!

Kaguyahime le respondió con la misma pena:

—Tengo a mis padres en la capital de la luna. Vine a la tierra a pasar solo un rato, pero para este mundo han sido muchos años. Ya ni me acordaba de mis padres que están en la luna. He pasado tanto tiempo amparada al calor del amor que me habéis dado vos, que no me causa alegría pensar que voy a volver a mi país, sino más bien solo tristeza. Sin embargo, en contra de mi voluntad, debo despedirme de vosotros.

La aflicción de Kaguyahime se unió a la de los ancianos. Los del servicio, que la querían y conocían la elegancia y la benevolencia de su manera de ser, se acongojaban igualmente pensando cómo la echarían de menos y el dolor les hacía un nudo en la garganta.

Cuando esta noticia llegó a oídos del Emperador, envió un emisario a casa del cortador de bambú. Al recibirle, el anciano se echó a llorar. Los sufrimientos causados por esta situación le habían encanecido la barba, encorvado la espalda y le habían irritado los ojos. El anciano tenía unos cincuenta años, pero tanta preocupación parecía haberle hecho envejecer en un instante. El mensajero pronunció las palabras que le había encargado el Emperador:

—Su Majestad desea saber si es cierto que siente una gran angustia.

El cortador de bambú le contestó entre lágrimas y más lágrimas:

—Me siento abrumado por la atención de Su Majestad. Este quince del mes vendrá un séquito de la luna para llevarse a Kaguyahime. Quisiera pedir a Su Majestad que me enviara tropas con el fin de capturar a los hombres de la capital de la luna.

El mensajero, de vuelta al Palacio Imperial, le relató al Emperador el cambio de aspecto que había sufrido el anciano y le informó de sus palabras. Cuando lo oyó, declaró el Emperador:

—Solo una vez tuve la suerte de verla y ya no he podido olvidarla. Si el anciano la tenía cerca siempre, ¿cuáles serán sus sentimientos al pensar que la va a perder?

El día quince, de luna llena, por decreto imperial comunicado a cada dependencia, un total de dos mil hombres procedentes de seis unidades militares a las órdenes del emisario especial del Emperador, el comandante Takano no Ōkuni, fueron enviados a casa del cortador de bambú. Llegados a la casa, mil hombres se colocaron encima del cercado de tierra, otros mil en el tejado, además de las numerosas personas de la casa que se encontraban con ellos. De esta manera, no dejaban ningún hueco en el recinto.

Los hombres que servían en casa también fueron armados con arcos y flechas. Y dentro de la casa las mujeres se encargaban de la vigilancia.

La anciana tenía a Kaguyahime en sus brazos en la habitación más interior y reforzada de la casa. El anciano estaba colocado delante de la puerta, bien atrancada con un cerrojo.

—¡En un lugar tan protegido, ni los mismos hombres que vienen del cielo podrán combatir!

El anciano habló así y se dirigió a los hombres de encima del tejado:

—¡Disparad las flechas a cualquier objeto que pase por el cielo!

Los guardias le respondieron:

—¡Extremando así las medidas de seguridad, aunque sea un mosquito lo mataremos de un flechazo y se lo mostraremos a todos!

Las palabras de los hombres hicieron que el anciano se sintiese muy seguro.

Kaguyahime, no obstante, les declaró:

—Por mucho que me guardéis encerrada bajo llaves y cerrojos y que os preparéis para luchar y protegerme, no es posible combatir con las personas de aquel país. Las flechas no podrán herirles. Esta misma puerta tan bien guardada, cuando lleguen ellos, terminará abriéndose. Aunque hicierais el esfuerzo de animaros a luchar, al venir ellos, ni los más bravos lograrán hacerlo.

El anciano, enfadado, gritó así:

—¡Cogeré a la gente que venga a

quitarme a mi hija y le arrancaré los ojos con mis largas uñas! ¡Les agarraré de sus cabellos y les arrastraré por el suelo! ¡Les dejaré n ridículo con el trasero al aire y les humillaré delante de toda la gente del palacio!

Entonces, Kaguyahime le dijo:

—¡No habléis tan fuerte! Es una vergüenza que todos los que están en el tejado os oigan. He disfrutado de vuestro cuidado y de vuestro amor durante estos años sin embargo, estoy a punto de despedirme como si lo ignorara. No puedo más que lamentarlo. Mi destino no era pasar mucho tiempo con vos, por eso me entristece pensar que pronto debo marcharme. Como no había tenido hasta ahora ocasión de corresponderos como hija, mi camino de vuelta a la luna no me quitará mi pesar por vosotros. Estos últimos días salía a ver la luna e intentaba que me dejaran por lo menos durante este año. Pero eso no ha sido posible; era por esto por lo que me afligía así. No puedo soportar el dolor de irme abandonando a mis padres en esta angustia. La gente de la capital de la luna es de una hermosura extraordinaria y no conoce la vejez, ni sufre preocupación alguna. Pero no me causa ninguna ilusión volver a tal paraíso. Siempre lamentaré no haber podido cuidaros en vuestros días de vejez.

A estas palabras de su hija, el anciano contestó lleno de resentimiento:

—¡No hables más, que me atormenta! ¡Ni la belleza de los mensajeros del cielo me echará atrás!

Entre tanto avanzaba la noche, y al

llegar a eso de la hora del Ratón los alrededores de la casa se esclarecieron con una luminosidad mayor que la del día. Era diez veces más clara que la luna llena y se podían distinguir hasta los poros de la piel de las personas. De pronto, descendieron del cielo unos hombres en una nube y formaron en líneas a unos cinco pies del suelo. Los que vigilaban la casa por fuera y por dentro, al verlos, se sintieron embrujados por algo sobrenatural y perdieron la voluntad de luchar contra ellos. Intentando recapacitar, tomaban los arcos, pero las fuerzas se les iban de las manos y apenas podían sostener su cuerpo en pie. Los más valientes, concentrándose en sí, intentaban disparar alguna flecha que otra, pero todas se perdían desviadas en el aire hasta que perdieron el ansia de combatir. Todos parecían personas sin alma que se miraban entre sí.

Los hombres celestes llevaban un traje de incomparable esplendor. Traían con ellos un vehículo volador cubierto con una sombrilla de seda. Uno de ellos, que parecía el rey, llamó a la casa:

—¡Miyatsukomaro, sal de ahí!

Y Miyatsukomaro, que se mantenía todavía fuerte, súbitamente se sintió como embriagado y no pudo evitar una reverencia hasta tocar con el suelo la frente. El rey de los seres celestes le dijo:

—Vos, ser inmaduro, como habíais hecho algún mérito que otro, quise ayudaros mandando a Kaguyahime tan solo por un tiempo breve, pero para vuestro mundo ha resultado que fueron muchos años. Durante ese tiempo habéis recibido tanto oro que os habéis convertido en un hombre rico, como si hubierais nacido de nuevo.

Kaguyahime permaneció en un lugar tan vulgar como el vuestro por una falta que había cometido en la luna. Sin embargo, ya ha cumplido su condena y, por eso, hemos venido a recogerla. Aunque el anciano se queje y llore, no puede hacer que esto sea revocado. ¡Presto, hacedla salir!

—He criado y educado a Kaguyahime durante más de veinte años y decís que ha sido solo un rato. Yo no lo puedo comprender. ¿Acaso hay otra persona que se llame Kaguyahime en otro sitio?

Siguió:

—Kaguyahime, la que se encuentra en este lugar, está en este momento gravemente enferma y no será posible moverla.

Sin responder a estas palabras del anciano, el rey acercó al tejado el vehículo volador y reclamó:

—¡Ha llegado el momento, Kaguyahime! ¿Por qué os quedáis tanto tiempo en este lugar impuro?

De pronto, la puerta de la habitación, que estaba cerrada con llave y cerrojo, se abrió de par en par. Otras puertas con rejas iban abriéndose sin que nadie las tocara. Y Kaguyahime, a quien tenía abrazada la anciana, salió afuera. Como no era posible retenerla, la anciana no pudo más que seguirla con la mirada hacia arriba al tiempo que lloraba.

Kaguyahime, acercándose al anciano que plañía desesperadamente con la cabeza agachada, le dijo:

—Me voy en contra de mi deseo. Os pido que, por lo menos, me miréis en mi última despedida cuando vaya ascendiendo al cielo.

—¿De qué servirá mirarte hasta el último momento, si mi dolor no va a desaparecer? ¿Qué puedo hacer si te vas al cielo abandonándome? ¡Quiero que me lleves contigo!

La interminable congoja del anciano la hizo desesperar.

—Voy a dejaros una carta. Cuando os acordéis de mí, sacadla y leedla.

Y entre cálidas lágrimas escribió las siguientes líneas:

«Si hubiera nacido en este mundo, os habría acompañado para poder consolaros de vuestras quejas. Ahora que me tengo que despedir de vos, se me rompe en pedazos el corazón. Al menos, guardad este vestido que me quito y os dejo como recuerdo. Las noches en que haya luna, miradla, pues estaré allí. La ingratitud de haberme ido sin atender a mis padres me apenará siempre y me hará sentir caerme del cielo a donde me dirijo».

Los hombres del cielo llevaban dos cofres: uno contenía el celeste vestido de pluma y otro guardaba un elixir. Uno de los hombres dijo a Kaguyahime:

—Tomad la medicina del frasco. Ya que habéis comido cosas del mundo impuro, debéis sentiros mareada.

Mientras se la acercaba, Kaguyahime probó una pequeña cantidad, y quiso dejarles a los ancianos como recuerdo un poco envuelto en el vestido que se había quitado, pero un miembro del séquito celestial que estaba cerca se lo impidió. Y sacaron el vestido de pluma para ponérselo a Kaguyahime. Pero ella lo apartó señalando:

—Dicen que el que se pone el celeste vestido de pluma pierde los sentimientos. Antes tengo que dejar algo por escrito.

Y dicho esto, se puso a escribir una carta. El hombre del cielo se impacientaba y le pidió que se apresurara. Sin embargo, Kaguyahime respondió:

—¡No habléis como un insensato!

Tranquila y sosegada, empezó a escribir unas líneas al Emperador. En su actitud no demostraba ninguna prisa.

«Su Majestad quiso retenerme enviando todos estos hombres, pero la voluntad de los que han venido a recogerme es inflexible y no tengo más remedio que irme con ellos, a pesar de mi aflicción y mi sufrimiento. La razón de no haber aceptado entrar al servicio del Palacio es que estoy atada a estos problemas. Se habrá extrañado Su Majestad de que yo rechazara sus órdenes hasta el final. Lamento que guarde de mí la memoria como alguien que le ha faltado al respeto.

«La hora ha llegado.
Celeste vestido de pluma.
Tu imagen amada
se eterniza en mí».

Al terminar de escribir la carta, llamó al comandante Takano no Ōkuni para encargarle que la llevara a Su Majestad junto con el frasco de elixir. Uno de los hombres del cielo lo tomó y se lo entregó. Al mismo tiempo que el comandante lo recibía en sus manos, sin que se diera cuenta Kaguyahime le pusieron el celeste vestido de pluma. De este modo, desapareció de su corazón el sentimiento de cariño y de pena. Todos los que se vestían con ese atuendo perdían la preocupación por los asuntos mundanos. Kaguyahime montó en el vehículo volador y ascendió al cielo acompañada de unas cien criaturas celestiales.

EL HUMO DEL MONTE FUJI

Después de que partiera Kaguyahime, el anciano y su mujer se afligieron hasta derramar lágrimas de sangre, pero nada podía remediarlo. Les leían la carta que dejó Kaguyahime, pero ellos decían:

—¿Para qué conservar la vida? ¿Para quién seguir viviendo? ¡Nada puede ya tener sentido para nosotros!

No tomaban ni medicinas, se quedaban acostados como si les faltara el alma y pronto enfermaron.

El comandante regresó al palacio con todas las tropas y le comunicó al Emperador los detalles de cómo no habían podido luchar y proteger a Kaguyahime.

También le fue entregada la carta que acompañaba el frasco de elixir. El Emperador abrió la carta y la leyó, y un inmenso dolor se apoderó de él. Se le quitaron las ganas de comer y de disfrutar de la música.

Convocó a los Ministros y a la nobleza de la corte y les preguntó:

—¿Cuál es la montaña que está más cerca del cielo? Uno de ellos le contestó:

—Dicen que la montaña que está en la provincia de Suruga; se encuentra cerca de esta capital y también cerca del cielo.

El Emperador, al oírle, compuso el siguiente poema:

«Porque no podré verte jamás

me ahogo en un mar de lágrimas.

¿Por qué en mi vida insistir

siendo vano el elixir?».

Y llamó a un súbdito para encomendarle la custodia de la carta con el frasco de elixir que le había dejado Kaguyahime. Nombró a Tsuki no Iwakasa mensajero imperial y le ordenó llevarlos hasta la cima de la montaña que decían que se encontraba en la provincia de Suruga. Además le dio todas las instrucciones sobre lo que debía hacer allí: le dijo que quemara tanto la carta como el elixir de la inmortalidad. Tsuki no Iwakasa, de acuerdo con esta orden de Su Majestad, subió a la montaña al frente de un buen número de fuertes guerreros. De ahí que llamaran a la montaña Monte Fuji, monte de muchos guerreros.

El humo ascendió entonces y cuentan que todavía sigue llegando a las nubes.

Ilustraciones antiguas del cuento

124

せいへて大ゐ大
とりてまへてのやひゆ
あるかゑのかもへ
うつうにてししまて

ありとゆのニ人のつぼ
こまひく郡はの
てしてやつ
のぞふか

lustraciones de la versión traducida de Juan Valera

135

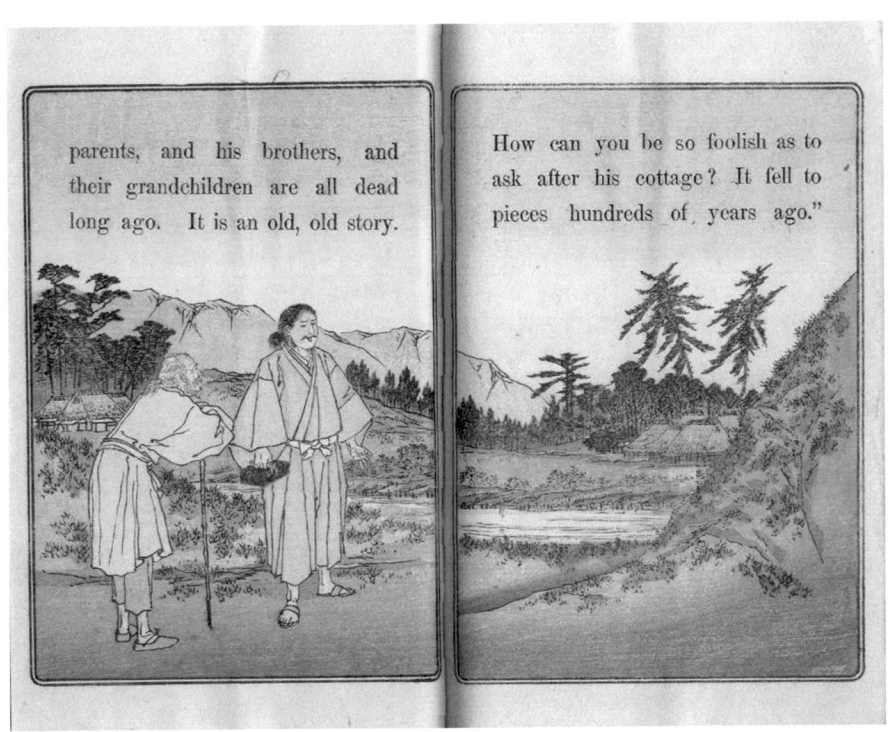

parents, and his brothers, and
their grandchildren are all dead
long ago. It is an old, old story.

How can you be so foolish as to
ask after his cottage? It fell to
pieces hundreds of years ago."

Doble página

Libros reeditados de la Editorial Libros Mablaz

referidas a viajes o hechos en la Luna

VIAJE FANTASTICO
DEL GRAN PISCATOR
DE
SALAMANCA.

EL GRAN
PISCATOR
DE SALAMANCA,
PARA EL AÑO DE MDCCLVIII.

Diego de Torres Villarroel

MARLAZ
41

Edición de:
Ricardo Muñoz Fajardo

Viaje fantástico del gran
Piscator de Salamanca

EL OTRO MUNDO

Historia cómica de los Estados e imperios de la Luna
Historia cómica de los Estados e imperios del Sol

Savinien de Cyrano de Bergerac

ablaz 155

PRÓLOGO DE RICARDO MUÑOZ FAJARDO:
EL OTRO MUNDO, una primitiva novela de ciencia ficción

155

CLÁSICOS DE CIENCIA FICCIÓN

LOS PRIMEROS HOMBRES EN LA LUNA

H. G. Wells

LOS PRIMEROS
HOMBRES EN
LA LUNA

Herbert George
Wells

Prólogo de Ricardo Muñoz Fajardo
LA PROTOCIENCIA FICCION BRITÁNICA

132

ablaz

Libros Mablaz

Ciencia Ficción y Fantasía

http://librosmablaz.com/

Libros Mablaz CLÁSICOS de Ciencia Ficción recuperados

LM
CLÁSICOS

http://librosmablaz.com/

Libros Mablaz

Narrativa — Relatos

/www.librosmablaz.com/